AF369534

VICTOR-CHARLES PRÉSEAU

MON IDÉE

POUR

ISOLER, ACHEVER

ET DÉMOCRATISER

LA

BIBLIOTHÈQUE NATIONALE

Prix : **1** franc

PARIS

Chez RICHARD et Cie, Imprimeurs-Éditeurs

18-19, passage de l'Opéra

Et chez l'Auteur, boulevard Voltaire, 36

31 JANVIER 1879

I

Il existe en France, — suivant l'expression d'un célèbre orateur,— « un patrimoine des plus magnifiques amoncelé par les âges. »

Ce trésor incomparable, que le monde entier nous envie, c'est notre BIBLIOTHÈQUE NATIONALE de la rue de Richelieu.

Elle est le plus riche et le plus vaste dépôt des œuvres intellectuelles qui existe dans l'univers.

Elle renferme, dans ses nombreuses galeries, deux millions de volumes imprimés remontant à l'origine de la typographie, comprenant plusieurs milliers d'exemplaires uniques, valant de 50,000 à 100,000 francs l'un ;

Quatre-vingt-dix mille manuscrits, dont beaucoup sont les seuls manuscrits existants de notre première renaissance nationale aux onzième et douzième siècles ;

Des manuscrits à miniatures, des manuscrits historiques d'une valeur inouïe ;

Un million d'autographes importants, dont les neuf dixièmes ne sont pas encore publiés ;

Deux millions deux cent mille estampes, collection d'une valeur toujours croissante, incalculable, qui rend chaque jour des services de plus en plus nombreux à l'étude de l'histoire, ainsi qu'au progrès de l'art et de l'industrie. Cette collection est la seule de ce genre appartenant à l'État ;

Cent mille médailles, dont quelques-unes d'une valeur énorme, d'une rareté insigne ;

Puis, enfin, les cartes, les plans, la musique, les monuments épigraphiques, etc., etc.

Le dépôt légal et international introduit tous les ans cinquante mille nouveaux volumes dans cette vaste collection.

Si, par suite du siége ou par l'effet d'une catastrophe comme celle qui détruisit la bibliothèque du Louvre ou du palais des Tuileries, l'établissement de la rue de Richelieu eût péri, le progrès de l'intelligence et des connaissances humaines eût subi une éclipse dont la France se fût difficilement relevée. C'eût été un malheur plus grand que la perte du musée du Louvre.

Il semblerait qu'une nation comme la nôtre, qui a consacré sans regret une quarantaine de millions à édifier une scène lyrique d'une splendeur sans pareille, pourrait bien aussi trouver des ressources pour compléter un établissement d'un ordre bien supérieur, sanctuaire incomparable de la science, de la littérature et des arts.

En 1838, — il y a quarante ans, — la dépense estimée par l'architecte Visconti pour l'achat des enclaves qui déshonorent et compromettent ce monument ne s'élevait pas à un million. Pour échapper à ce faible sacrifice, on a dépensé, depuis cette époque, plus de deux millions en agencements provisoires pour remédier à l'encombrement croissant des services ; et, comme l'affirme M. Barthélemy Saint-Hilaire dans son rapport au Sénat, séance du 16 décembre 1878, on est arrivé à l'extrême limite des expédients.

C'est qu'en France nous sommes ainsi faits qu'aucune barrière ne nous arrête quand il s'agit de dépenses inutiles ou purement fastueuses, — telles que la création de boulevards dans des quartiers excentriques, qui doivent rester déserts durant toute une génération ; — tandis qu'on ne trouve pas un centime pour les plus urgentes, les plus glorieuses entreprises.

II

Qui d'entre nous, en faisant le tour extérieurement de la Bibliothèque nationale, n'a été frappé du beau caractère de la façade sur la rue Neuve-des-Petits-Champs, ainsi que de l'apparence grandiose des constructions du côté du jardin de la rue Vivienne? La porte principale ouverte sur la rue de Richelieu répondra au caractère imposant des deux autres côtés quand elle sera terminée.

Mais quelle tristesse s'empare de l'observateur quand il contemple l'aspect sordide de l'entrée du monument par la rue Colbert !

Cette entrée fait face à l'une de ces maisons qu'il n'est pas permis de nommer.

La porte donnant accès à la salle la plus fréquentée, — salle destinée à recevoir tout le monde indistinctement, — est adjacente à l'échoppe d'un savetier, à la boutique d'un marchand de vins, d'un charbonnier, d'une fruitière et d'un épicier. Il y a, à la suite, un pharmacien très-achalandé.

La rue Colbert est trop étroite et trop mesquine pour servir convenablement d'entrée à ce grand public travailleur qui devra se diriger vers les salles de lecture non soumises à la carte d'admission, et, dans un avenir prochain, à de nouvelles salles d'estampes appelées à offrir la même faveur d'entrée libre.

Tout en réservant les livres et les portefeuilles précieux qui ne doivent être communiqués qu'avec une extrême circonspection et dans des conditions déterminées, il importe, sous un régime vraiment libéral, de rendre accessible aux ouvriers d'art, pour lesquels on multiplie les cours gratuits, l'accès des vastes collections du dépôt légal.

L'entrée de ces salles, — qu'on pourrait appeler « populaires », — devrait alors, pour prendre un caractère monumental, être reportée rue Vivienne, sur l'emplacement d'un des immeubles à acquérir. Cette adaptation nouvelle rendrait à ce quartier du Palais-Royal, sevré depuis quarante ans des bienfaits des travaux d'édilité publique, et menacé de ruine par la rue du Quatre-Septembre et l'avenue de l'Opéra, une sorte d'animation à laquelle il a droit.

De grandes réformes dans les services intérieurs de la Bibliothèque pourront être opérées lorsque l'établissement aura été mis, tout en s'agrandissant par l'acquisition des immeubles enclavés, à l'abri des causes d'incendie et de destruction qui le menacent actuellement. Car, en ce moment, il y a des dangers d'explosion indépendants des causes ordinaires d'incendie : les caves de l'un des immeubles adjacents, situé sur la rue Colbert, renferment des spiritueux, des alcools, de l'éther, des huiles minérales, du pétrole, des huiles à brûler et comestibles, etc.

Il y a là un péril incontestable.

On a parlé, dans la discussion du budget (séance du 20 novembre 1878), d'augmenter le nombre des pompiers autour de la Bibliothèque nationale.

C'est très-bien.

Mais les pompiers, dont le dévouement et le mérite sont assurément hors de doute, ont été impuissants pour préserver les maisons voisines du n° 22 de la rue Béranger.

Ont-ils pu sauver l'ancien Opéra de la rue Le Peletier?

D'ailleurs, les pompiers ne peuvent obtenir l'extinction qu'en inondant de jets d'eau les parties de bâtiments menacées.

On ne saurait oublier, pourtant, que les manuscrits, les reliures, les autographes, les vélins, les miniatures, ne craignent pas moins l'humidité que le feu.

N'a-t-on pas isolé, depuis longtemps, la Banque de France, qui ne renferme pas des valeurs d'un mérite comparable à celles de la Bibliothèque? Car cette dernière contient un ensemble d'objets représentant plusieurs milliards, et que rien ne saurait jamais remplacer.

III

Pour éluder cette nécessité de compléter le périmètre de la Bibliothèque nationale, on a imaginé le projet de diviser en deux portions le dépôt des ouvrages et de transporter la moitié de ces richesses sur la rive gauche de la Seine.

Ce serait là une mesure déplorable. Nous aurions ainsi deux bibliothèques aussi incomplètes l'une que l'autre. Cet expédient nécessiterait d'abord l'appropriation coûteuse d'un édifice déjà existant à cette nouvelle destination, et il faudrait que cet édifice fût mis également à l'abri de toutes les causes d'incendie. Il ne faut pas oublier, non plus, que le palais du Luxembourg a une affectation toute tracée dès que le retour des assemblées à Paris aura été décrété. Il faudrait ensuite créer un second personnel de conservateurs et d'employés, — et ce n'est pas l'œuvre d'un jour, — pour la bibliothèque auxiliaire de la rive gauche. Il faudrait, en outre, recommencer sur nouveaux frais l'impression ou la transcription des catalogues, qui forment un ensemble d'une cinquantaine de volumes, tant in-folio qu'in-quarto. Ce serait donc une solution aussi désastreuse au point de vue de l'économie qu'à celui de la centralisation des documents nécessaires à l'étude. Il est déjà regrettable qu'on ait, en quelques années, dépensé deux millions en agencements provisoires et incommodes pour essayer de parer au manque d'emplacement ; mais il faut utiliser cette dépense, et non la recommencer.

Il s'agit maintenant de compléter l'œuvre par l'annexion du terrain des quatre immeubles formant enclave sur les rues Vivienne et Colbert.

IV

La Bibliothèque nationale jouit d'une célébrité universelle. Elle est connue et pratiquée par toutes les personnes studieuses des départements et de l'étranger.

Le monde lettré a reconnu que les bibliothèques spéciales éparses dans les divers quartiers de la capitale sont loin de correspondre dans la faveur publique au but pour lequel elles ont été créées.

La bibliothèque de l'Arsenal est pourvue d'un personnel zélé et complaisant. Son catalogue comprend des ouvrages d'une rareté insigne, d'une grande utilité pour l'histoire des lettres françaises. Pourtant elle est peu visitée, et les places de conservateur y sont presque des sinécures.

La bibliothèque Mazarine n'est fréquentée que par un public très-restreint de lettrés ou de travailleurs spéciaux.

Cependant la bibliothèque Sainte-Geneviève voit, comme la Bibliothèque nationale, ses salles pleines à certaines heures, et son hospitalité si large est grandement appréciée des étudiants.

Mais, rue de Richelieu, la mesure des cartes d'admission restreint beaucoup le nombre des personnes appelées à consulter les ouvrages qui ne sont pas courants. Il y aurait lieu de consacrer une ou deux salles nouvelles à un public moins restreint, adonné à l'étude d'ouvrages sérieux, sans être cependant ni précieux ni rares.

V

On a dit, dans la séance du 23 novembre 1878, qu'une fois le quadrilatère de la Bibliothèque reconstitué et l'isolement de ce vaste édifice obtenu, l'affluence croissante des apports du dépôt légal forcera par la suite d'étendre indéfiniment l'enceinte de l'établissement. « Nous ne pouvons pas prendre tout le quartier, disait-on : ne prenons donc rien. »

Ce genre de démonstration par l'absurde n'est pas applicable dans ce cas, ce nous semble.

Une si prodigieuse accumulation, un tel excès d'encombrement, ne sont pas à craindre. Une mesure d'ordre s'imposera bientôt par la nécessité même des choses : l'épuration du dépôt légal.

On s'est aperçu, depuis un certain laps d'années, particulièrement depuis l'invention du clichage, que plusieurs des éditions d'un même ouvrage sont exactement semblables ; qu'il n'y a de changement que dans le titre pour le millésime de l'édition et le nombre ordinal de cette édition.

Dans l'état actuel, toutes ces réimpressions pures et simples de clichés ne devraient pas prendre place dans les combles de la Bibliothèque nationale. Deux exemplaires seulement suffiraient, l'un du plus ancien tirage, l'autre du plus récent.

S'il existe encore, comme au temps de M. le directeur Taschereau, soixante éditions sur les rayons d'un petit livre d'édification, intitulé : *Pensez à moi*, identiquement semblables, c'est cinquante-huit de trop. De même, pour *l'Art de mettre sa cravate*, ou *l'Art de se faire dix mille livres de rente en élevant des lapins*, etc.

Il ne faut pas écraser les archives précieuses de la littérature, de l'histoire et du travail scientifique, sous l'indigeste fatras des ineptes spéculations de la librairie de Limoges ou de Paris dans les trente dernières années.

Les prospectus des commerçants, les mémoires des plaideurs, les publications d'un intérêt purement individuel, pourraient être conservés dans un magasin quelconque, y être catalogués avec le temps, mais ils n'ont pas de titres suffisants à l'attention publique pour submerger le dépôt national des matériaux de recherche indispensables au progrès du travail scientifique, artistique, historique, littéraire, des principales nations de l'Europe.

VI

L'isolement de la Bibliothèque nationale est-il indispensable et urgent? Le rapport de M. Barthélemy Saint-Hilaire, du 19 juin 1878, a démontré l'affirmative.

La réorganisation des services est-elle absolument nécessaire? La discussion qui a eu lieu à la Chambre des députés, le 23 novembre 1878, a démontré l'affirmative d'une façon péremptoire, en établissant qu'on ne peut pas étendre indéfiniment l'enceinte de ce vaste établissement.

Où trouver les ressources nécessaires pour accomplir cette œuvre vraiment patriotique et nationale de l'achèvement définitif de la Bibliothèque de la rue de Richelieu?

L'honorable député M. Lockroy propose d'attribuer à cette destination le crédit de cinq millions et quelques cent mille francs destiné à la reconstruction du palais des Tuileries.

C'est une mesure parfaitement logique et d'un caractère très-démocratique et très-national en même temps. Les départements français aimeront mieux contribuer à la préservation et à l'accroissement de nos richesses littéraires, mises largement au service de leurs enfants fixés dans la capitale ou qui la visitent, qu'à la reconstruction d'un palais aujourd'hui sans destination raisonnable et opportune. La reconstitution d'un musée des souverains serait un anachronisme. Une salle du Louvre suffira à la partie intéressante d'une collection de ce genre.

Malheureusement, le crédit visé par M. Lockroy ne suffit pas à l'œuvre admirable et grandiose qu'il a en vue.

Pour exproprier les quatre immeubles et construire les nouvelles salles dont nous avons parlé plus haut, destinées aux travailleurs, une vingtaine de millions sont peut-être nécessaires.

Ou l'on procédera immeuble par immeuble, et l'opération durera quatre ans, ce qui engendrera de grandes difficultés pour l'organisation des services et ne remédiera pas au péril d'incendie ;

Ou bien l'on procédera d'un seul coup et d'ensemble, ce qui nécessitera un crédit d'une importance telle, que l'on ne saurait le demander aux ressources ordinaires du budget.

VII

Il y a à cette situation un remède qui ne grèvera pas la bourse des contribuables, et je l'indiquerai pour conclure.

On a constaté récemment le succès prodigieux de la loterie nationale de l'Exposition.

Eh bien, l'œuvre de la Bibliothèque est plus importante, au point de vue du progrès intellectuel et de l'amour-propre national, que l'équilibre du budget de l'Exposition universelle de 1878.

C'est pourquoi nous proposons d'organiser

UNE LOTERIE EUROPÉENNE

au moyen des

DIAMANTS DE LA COURONNE

et de prélever sur le produit de cette loterie les fonds

nécessaires pour l'achèvement et la reconstitution de la grande Bibliothèque de Paris.

Il n'y a plus aucune raison d'immobiliser cette valeur énorme dans le domaine de l'État, puisqu'il n'y aura plus de couronne dans un pays où la monarchie n'a plus désormais la moindre chance de restauration.

L'Europe entière pourra participer à cette œuvre mémorable, et le gouvernement qui aura accompli une telle transformation aura conquis une place indiscutable dans l'estime de la postérité.

Nous disons que cette loterie fournira les moyens de pourvoir aux dépenses d'expropriation et de construction, qui s'élèveront approximativement, nous l'avons dit aussi, à 20 ou 25 millions de francs.

Rien de plus facile que la démonstration de notre opinion.

Sans entrer dans des détails chronologiques ou historiques, certes très-intéressants, sur la collection de richesses à réaliser, détails qui ne seraient pas ici à leur place, donnons des chiffres. Ils auront, dans la circonstance présente, tout l'attrait, toute la valeur, et surtout l'éloquence qui soient de mise en ce cas, l'attrait, la valeur et l'éloquence des chiffres.

Donc, à eux la parole.

Parmi tous les joyaux qui font partie de la dotation mobilière de la Couronne de France, plaçons de droit et d'emblée en première ligne :

Le **Régent**, du poids de 136 karats 28/32 estimé douze millions de francs, ci.................. .... 12.000.000 »

La **Couronne**, composée de 5,206 brillants, 146 roses, 59 saphirs, évaluée.............. 14.702.788 85

Un **glaive**, orné de 1,589 roses............ 261.105 90

Autre **glaive** (410 brillants).............. 71.559 39

Épée (1,576 brillants)..................... 241.874 73

Aigrette et **bandeau** (217 brillants). 273.119 37

Contre-épaulette (127 brillants)......... 191.834 06

Agrafe de manteau (197 brillants, une opale).................................... 68.105 »

Boucles de souliers et jarretières (120 brillants).................................. 56.877 50

Bouton de chapeau (21 brillants)........ 240.700 »

Rosettes de chapeau et de souliers (27 brillants).................................. 89.100 »

Plaque du Saint-Esprit (143 brillants)... 325.950 25

Plaque de la Légion d'honneur (393 brillants); **croix de la Légion d'honneur** (305 brillants, 15 roses)..................... 44.678 75

Parure (399 rubis, 6,042 brillants)......... 303.758 59

Parure (3,837 brillants, 67 saphirs)........ 283.816 09

Parure (3,302 brillants, 215 turquoises)..... 130.820 63

Parure (2,101 perles, 320 roses).......... 1.165.163 »

Collier (26 brillants)..................... 133.900 »

Épis (9,175 brillants)..................... 191.475 62

Peigne (250 brillants)..................... 47.451 87

Bouts de ceinture (480 brillants)......... 8.352 50

Total...... 30.832.442 10

Nous voilà bien en possession d'une valeur incontestable, scrupuleusement inventoriée, de près de 31 millions de francs ; valeur improductive, morte, et parfaitement réalisable au moyen d'une loterie ; valeur qui, par le savoir-faire et la perspicacité des organisateurs et administrateurs de la loterie de l'Exposition, — qu'on emploierait à organiser et administrer la nouvelle loterie, — pourrait peut-être atteindre un chiffre de 40 à 45 millions.

Après avoir fait face sur ces fonds aux dépenses de la Bibliothèque ; — après avoir couvert les frais occasionnés par la loterie ; — l'État se trouverait encore possesseur d'un boni en numéraire d'au moins 15 millions.

Ce qui, dans l'état présent de nos finances, n'est pas à dédaigner.

Nous pressentons les objections qui peuvent nous être faites, mais nous sommes prêt à y répondre. On comprend que nous ne puissions pas tout dire ici, dans une simple brochure.

Gouvernants et hommes d'État de la France de 1879, pénétrez-vous de la grandeur, de la noblesse de l'entreprise ;

Laissez parler en vous et agir la fibre patriotique;

Mettez-vous à l'œuvre, il y va d'immenses intérêts matériels, moraux et intellectuels ;

Mettez-vous à l'œuvre, et les générations futures, succédant à vos contemporains dans l'élan de leur reconnaissance, — en voyant vos noms burinés dans la gloire au fronton de l'édifice nouveau, — consacreront à jamais votre titre de grands citoyens, de protecteurs éclairés de tout ce qui améliore et élève les intelligences.

Ainsi qu'on l'aura proclamé dans le présent, on répétera dans l'avenir :

Honneur à eux ! Ils ont su, apôtres des grandeurs nationales, transformer ces pierres, apanage improductif de la vanité, en un sanctuaire de la science et des connaissances humaines, et le mettre à l'abri des causes imminentes de péril.

Honneur à eux ! Ils ont bien mérité de la France et du monde !

FIN

Paris. — Imp. Richard et Cⁱᵉ, 18-19, Passage de l'Opéra.

DU MÊME AUTEUR

Les Grandes Figures nationales et les Héros du peuple, 13 vol. in-18, jésus. Les deux premiers volumes en vente. Paris, Didier, librairie académique, 35, quai des Grands-Augustins.

La Tribune agricole, trois années.

Le Brocanteur, une année.

Destruction de la fortune mobilière en France par le monopole de l'Hôtel des ventes. Un magnifique volume in-18 jésus. Dédié à l'Assemblée nationale et au Conseil municipal de Paris. — Chez Richard-Berthier, imprimeur-éditeur, passage de l'Opéra, et chez l'auteur, 36, boulevard Voltaire.

SOUS PRESSE :

La Chasse à l'ignorance. — Curieuses Inepties des Enseignes et Inscriptions publiques de Paris en 1877-1878, et moyen de les corriger. — Actualité humoristique, avec des Considérations, des Appréciations et des Exemples : 1º sur les dangers des enseignes et inscriptions publiques incorrectes ; 2º sur les illogismes de la langue ; 3º sur l'esprit pratique des Français, etc., etc. — Un volume in-18 jésus.

www.ingramcontent.com/pod-product-compliance
Lightning Source LLC
LaVergne TN
LVHW011016180726
843502LV00007B/2573